Primera edición: octubre 2025

Ilustradora representada por la agencia literaria Ute Körner

Valentín Beato, 21. 28037 Madrid
www.brunolibros.es

PAPEL DE FIBRA
CERTIFICADA

ISBN: 978-84-696-4581-9
Depósito legal: M-16774-2025

Impreso en España – *Printed in Spain*

DRA. MONTSERRAT EROSTARBE PÉREZ
ILUSTRACIONES DE SUSANA SOTO

CUIDO MI MENTE

¡UN MILLÓN DE GRACIAS!

CÓMO DISFRUTAR DEL PRESENTE Y AGRADECER LO QUE TENEMOS

Bruño

Mateo y Tomás son gemelos.
Tomás es cinco minutos mayor que Mateo,
pero Mateo por ahora es un poco más alto.

Mateo

Tomás

Les encanta mirarse a la vez en el espejo, gastar bromas sobre quién es quién y cosas así...

Suelen observarse de reojo para ver qué hace el otro, qué come el otro, con qué juega el otro.

A VECES PREFIERO EL REGALO
DE MI HERMANO, O ME GUSTA
MÁS SU CHUCHE QUE LA MÍA...
ENTONCES MAMÁ DICE
QUE ESTOY CELOSO.
NO ME GUSTA CUANDO
ME SIENTO ASÍ

Tomás y Mateo también suelen coincidir en algo: ¡piden cosas tooodo el rato!

Por ejemplo, piden cosas como…

—Papá, después de esta canción ¿pones la de chumba, chumba?

—Mamá, ¿me das otra galleta?

—Papá, ¡necesito el nuevo Batman para mi colección!

AUNQUE TENGO MUCHOS JUGUETES CHULÍSIMOS
Y HAGO PLANES INCREÍBLES, A VECES NO ME DOY
CUENTA Y SOLO PIENSO EN LO QUE NO TENGO
O EN LO QUE ME GUSTARÍA HACER...
PAPÁ DICE QUE NO DEBERÍA SER ASÍ,
Y CREO QUE TIENE RAZÓN.

Los hermanos están
muy acostumbrados
a pedir y pedir.
Piden tanto que
a veces hasta
piden sin saber
qué pedir o incluso
¡piden cosas que no
recuerdan que ya tenían!

Hoy los gemelos cumplen años…

… e irán a celebrarlo en familia al parque de atracciones.

—¡Guauuu! ¡Este lugar es alucinanteee! —exclama Mateo corriendo hacia el jaleo.

—¡Primero iremos a la noria! —grita Tomás siguiendo a su hermano—. Bueno, ¡mejor a la casa de las momias!

—Pues yo quiero comer churros con chocolate y también piruletas picantes.

—Antes quiero la montaña rusa o pasar por el túnel de la bruja.

—¡Espera! —lo interrumpe Mateo—. ¿Es eso un volcán que en vez de lava echa chuches de baba? ¡Chuches de babaaa, yo quierooo!

La mañana avanza y los niños van cumpliendo todos sus deseos, pero a pesar de ello no parece que estén muy contentos.

Necesitan tener más todo el rato: comer más o hacer más y más.

Los gemelos no se paran a disfrutar de cada momento. Sus mentes solo se centran en lo que aún no tienen, y eso les hace estar tristes, enfadados, frustrados y descontentos.

Al verlos así, papá y mamá se sientan con ellos en un banco para hablar con calma.

—Si estáis pensando todo el rato en lo que no tenéis, ¡no podréis disfrutar de lo que tenéis! —dice papá.

—Es verdad… —dice Mateo.

—Pero ¿qué podemos hacer para cambiar? —pregunta Tomás.

—Podéis recordar lo ilusionados que estabais cuando pedisteis venir aquí para celebrar vuestro cumple —responde papá.

—También podéis volver a descubrir lo chulo que es vuestro juguete, lo divertido que suena o lo rápido que se mueve —añade mamá.

De pronto, una llamada interrumpe su conversación…

—Parece que el abuelo se ha puesto muy enfermo —dice mamá.

—Chicos, tenemos que irnos corriendo —les explica papá—. El abuelo nos necesita.

Mateo y Tomás quieren muchíííísimo a su abuelo.

—¡No puede ser! —exclama Tomás—. Si nuestro abuelo es el más fuerte del mundo entero.

—¡Eso es verdad! —dice Mateo—. Ha luchado contra tigres en la jungla. Ha cazado tiburones. Ha sido espía y ha aprendido la lengua de los «norondonguías».

22
15

Tomás y Mateo sienten un fuerte deseo de ir a ver a su abuelo, así que van corriendo al hospital. Durante el camino, la preocupación de los niños va en aumento.

Pero cuando entran en la habitación…, ¡menudo sorpresón!

—¡Papá! ¿Ya estás contando batallitas a las enfermeras y cantando rancheras? —dice papá al abuelo.

Todos ríen mientras corren a abrazarle.

«¡Uf! ¡Qué alivio!», piensan los niños.

—¡Abuelo! —dice la abuela—. Ya tienes tu mejor medicina: ¡los besos de tus nietos!

En los brazos del abuelo, Tomás y Mateo se llenan de felicidad. Sienten la alegría del cariño, la alegría de estar unidos.

Han dejado de pensar en ellos para pasar a preocuparse por su abuelo. Han pasado de estar tristes por las cosas que no tienen a estar felices por las personas a quienes quieren.

—¡Feliz cumpleaños, pequeños! —dice el abuelo—. Siento haber estropeado vuestro día.

—¡Para nada, abuelo! —dice Mateo—. Que estés bien es el mejor regalo de cumpleaños.

De repente, mamá enciende una vela, la pone en una magdalena y empieza a cantar.

Tomás y Mateo se sienten tan agradecidos…

Entonces se dan cuenta de que durante todo el día solo habían pedido más y más cosas a papá y a mamá.

¡GRACIAS,

MAMÁ!

Solo habían dicho: «Quiero más, quiero más, ¡quiero más!».

Los gemelos se avergüenzan de ello y para arreglarlo no dudan en gritar:

—¡GRACIAS, PAPÁ! ¡GRACIAS, MAMÁ! ¡UN MILLÓN DE GRACIAS!

CUANDO DAS LAS GRACIAS A ALGUIEN MOLA MUCHO, ¡PRUEBA A HACERLO TÚ TAMBIÉN!

CUIDO MI MENTE

Orientaciones para los padres

Los padres del siglo XXI tenemos una difícil tarea cuando se trata de educar en un consumo adecuado de objetos, productos o incluso experiencias.

Los adultos sabemos que las cosas tienen su coste, pero los niños necesitan entender que a sus padres les ha supuesto esfuerzo, trabajo y tiempo poder dárselas. A veces los más pequeños creen que las cosas se consiguen casi por arte de magia. Por eso, es importante que los vayamos educando en que sepan apreciar el valor (no solo económico) de todo lo que tienen, consumen o hacen, para que así puedan sentir agradecimiento y lo expresen.

Otro riesgo de que consigan siempre lo que desean es que asocien el «deseo de tener» con un «derecho a tener», lo cual puede provocar enfados cuando se les niegue la posibilidad de conseguir algo que desean. Si sistemáticamente reciben lo que les apetece, caerán en el error de pensar que solo por desearlo tienen derecho a ello.

Del mismo modo, es posible que lleguen a pedir por pedir, sin reflexionar si realmente desean lo que están pidiendo. Para ello podemos explicarles que es en los momentos especiales cuando tienen la oportunidad de que se cumpla su deseo. Por ejemplo, en su cumpleaños, en su santo, en Navidad, con el Ratoncito Pérez o al sacar buenas notas. Esto les ayudará a regular sus peticiones. Si entienden que sus deseos se harán realidad en ocasiones especiales, reflexionarán sobre qué es lo que quieren de verdad y, cuando lo obtengan, lo disfrutarán y lo valorarán más.

Ir acostumbrándoles a la idea de que cuando papá o mamá les compran algo es porque ellos, como adultos, consideran que es algo que sí necesitan ayudará a que vayan disminuyendo la frecuencia de sus peticiones.

Cuando caemos en la rueda del consumo, podemos perder la oportunidad de disfrutar de lo que ya tenemos y pasamos por alto las oportunidades que nos brinda el presente. Aprender a atender la suerte que tenemos en familia nos llevará a sentir satisfacción y agradecimiento, lo cual se relaciona con felicidad.

Finalmente, Tomás y Mateo nos recuerdan que aprender a disfrutar de momentos de unión con las personas a quienes queremos nos llena de una felicidad mucho más duradera y auténtica que aquella que nos dan las cosas materiales.

Montserrat Erostarbe
Doctora en Psicología
Departamento de Neuropediatría
Clínica Universidad de Navarra

Si te gustó este libro...